TU PEUX TOUJOURS COURIR !

*À Bertrand et Nathalie
qui aiment courir ensemble
et que j'aime tendrement.*

Les extraits de « L'orgue de Barbarie »
et « Le cancre » in *Paroles* de Jacques Prévert
sont reproduits avec l'aimable autorisation des Éditions Gallimard.
© Éditions Gallimard

© Éditions Nathan (Paris, France), 2005
Conforme à la loi n° 49956 du 16 juillet 1949
sur les publications destinées à la jeunesse
ISBN 2-09-250430-4

TU PEUX TOUJOURS COURIR !

Jo Hoestlandt
Illustrations d'Estelle Meyrand

Nathan

Chapitre 1

Je n'aime pas trop l'école.
Cette année, en plus, je redouble. Ça m'a énervé, parce qu'ils ont fait passer tout le monde, sauf moi. Ils ont dit que j'étais trop lent. Ça se voit qu'ils ne m'ont jamais vu courir ! Je cours aussi vite que le héros du film quand la grosse langue de lave brûlante veut le rattraper pour le carboniser ! Je cours si vite que parfois, même mon ombre n'arrive pas à me suivre ! Mais je ne le leur ai pas dit. Ils s'en

seraient fichus de mes courses, de mon ombre, de tout ça, je le sais bien. J'ai juste pleuré un peu, en cachette, dans les toilettes (c'est le seul endroit où l'on peut pleurer à l'école, partout ailleurs, c'est plein d'yeux qui vous guettent).

Déjà que je n'avais pas trop de copains, maintenant je n'en ai plus du tout. Bon, c'est encore le début de l'année, ça peut s'arranger – enfin c'est ce que maman m'assure… Elle dit toujours des trucs comme ça, pour me remonter le moral ; je fais semblant de la croire, pour ne pas lui faire de peine, mais j'ai constaté que la vie était souvent plus dure pour les enfants que ce que croient les mamans.

Je n'aime pas trop l'école, parce que les autres se moquent de moi. Pourquoi ils se moquent ? Pour un tas de raisons, je crois : parce que souvent je bégaye, parce que je ne comprends pas tout immédiatement, parce que j'ai toujours envie d'être ailleurs qu'en classe, parce que je rêve.

Je ne suis pas heureux, à l'école.

Mais j'aime bien y aller. Je veux dire le chemin

pour y aller. J'y vais toujours tout seul, en liberté. Partout ailleurs, il y a quelqu'un qui me commande : « Fais-ci, fais ça, pas comme ci, pas comme ça… » C'est tuant ! Dans la rue, je fais ce que je veux. Je décide : je vais sauter cette flaque, et hop, je la saute. Je vais shooter dans ce marron, et je shoote. Personne pour me contrarier !

Dans la rue, je suis le roi !

Ailleurs, c'est une autre paire de manches, comme dit mon papy.

Je connais le chemin par cœur : rue du Paradis, suivie de rue des Fleurs, rue Chaude et pour finir, rue Pasteur où se trouve mon école. Pasteur, c'est son nom, et c'est aussi le nom d'un savant ; il paraît qu'il a inventé un vaccin contre la rage, mais la rage qu'on attrape quand les chiens vous mordent, pas celle qu'on a quand les autres se moquent de vous. Contre cette rage-là, Pasteur, il n'a rien fait du tout. Si un enfant enragé avait mordu un chien, peut-être, il s'y serait intéressé, mais voilà, ça ne s'est pas produit.

Jusqu'ici, je croyais que tous les enfants, avec plus ou moins de bonheur, allaient à l'école, comme moi. Qu'il fallait s'y résigner quand on n'aimait pas ça. Jusqu'à ce que je tombe sur elle.

Elle, qui ne va pas à l'école.

Elle, qui est libre comme l'air.

Je l'ai rencontrée l'autre matin. Moi, je courais à toute allure, parce qu'il était huit heures vingt-huit à ma super montre. Je n'avais même pas le temps de vérifier si mon ombre me suivait. Et cette fille-là courait aussi, enfin, elle courait comme courent les filles qui ne savent pas courir, en traînant son popotin !

En la doublant, je n'ai pas pu m'empêcher de lui lancer :

— J'arri… j'arriverai avant toi !

Elle m'a regardé et elle a répondu :

— M'étonnerait. Suis arrivée.

Et elle s'est arrêtée net, rue Chaude, devant la boulangerie dont elle a ouvert la porte.

— Hé ! Il est… il est trop tard pour t'a… pour

t'acheter des bonbons !

— Niet ! elle a dit et elle est entrée.

J'ai pensé : « Quel culot ! »

Puis je me suis remis à courir parce que, maintenant, à cause d'elle qui m'avait ralenti, il était huit heures trente, que j'entendais d'ici sonner la cloche de l'école et que si je ne voulais pas qu'on me les sonne aussi, les cloches, j'avais intérêt à me dégrouiller les puces, comme dit encore mon papy.

Je n'y pensais plus, à cette fille, mais le lendemain, vers huit heures quinze, qui me double en trottinant ? Facile : la même fille !

— Pas la peine de cou… de cou… de courir, je lui dis. T'es pas en retard !

Elle n'a rien répondu et elle est entrée dans la boulangerie.

Je n'étais pas en retard moi non plus et j'aime les bonbons ; c'étaient deux bonnes raisons pour l'attendre. Elle est ressortie, la bouche déjà pleine, et une baguette entamée à la main. Ça m'a fait rigoler.

— Tu vas à l'é… à l'éc… à l'école avec ta ba… ta ba… ta baguette ?

— No sir, elle m'a répondu.

Vu que je n'étais pas plus sa sœur qu'elle n'était mon frère, et réciproquement, je me suis dit que c'était encore une fille qui voulait faire sa maligne. J'ai haussé les épaules, et c'était pas facile vu le poids du cartable que je porte sur le dos, et c'est là qu'elle m'a annoncé :

— J'vais pas à l'école.

J'ai tout de suite compris que c'était vrai : elle n'avait pas une tenue de fille qui va à l'école. Elle était en jupe, elle avait aux pieds de drôles de chaussures, comme les danseuses, et elle ne portait pas de cartable.

Je lui ai demandé :

— T'es malade ?

Les joues toutes roses et la bouche pleine de pain, on ne pouvait pas dire qu'elle avait l'air malade, mais sinon, pourquoi ne serait-elle pas allée en classe un mardi matin, à huit heures vingt-huit ! (Zut, il allait encore falloir que je me grouille les puces à cause de cette fille !)

Elle a enfourné un nouveau gros bout de baguette dans sa bouche et tout en mâchouillant elle a grommelé :

— Vais chamais à l'école.

— Jamais ? j'ai répété comme un perroquet.

— Chamais, elle a redit.

Et elle a ajouté, comme si ça expliquait tout :

— Chai rien à y faire. Ch'sais déjà tout.

Ce matin, sur le chemin de l'école, moi, Johnny, j'avais rencontré une extraterrestre !

Chapitre 2

En classe, la maîtresse a parlé de l'accord. L'accord des adjectifs, l'accord des verbes, bah dis donc, c'est fou ce qu'on s'accorde bien au pays de la grammaire. On ferait pas mal d'en prendre de la graine dans la vie de tous les jours ! Je me disais : « Si tout le monde était d'accord y'aurait plus besoin que de deux minutes d'actualités… Et j'imaginais aux infos, le présentateur : "Bon, j'ai plus rien à vous dire, ça y est, tout le monde est tombé d'accord…" »

Soudain, la maîtresse a crié :
— Johnny !
J'ai tellement sursauté que mes dents ont claqué, comme les mâchoires des squelettes dans les dessins animés. Elle est folle de brailler comme ça, elle sera bien avancée quand je tomberai tout raide de ma chaise, victime d'une crise cardiaque et qu'elle devra appeler les pompiers pour me ranimer !

— Répète ce que je viens de dire, a-t-elle articulé très distinctement.

Elle me parle souvent comme ça, en détachant bien toutes les syllabes, comme si j'étais sourd ou idiot. Le fait est qu'en général, comme je réponds à côté de la question, je donne effectivement l'impression d'être sourd ou idiot…

Là encore, je n'ai pas su répéter. J'essayais de me rappeler les derniers mots pour remonter le fil, mais c'était le trou noir ; je me souvenais juste que j'en étais, dans ma tête, aux infos télévisées, les Palestiniens tombant dans les bras des Israéliens et je me doutais bien que cela n'avait qu'un rapport lointain avec le sujet du verbe, etc.

— Je ne te fais pas mes compléments ! a dit la maîtresse.

Il y en a qui ont ri, la maîtresse pas, et je n'ai pas compris pourquoi. C'est souvent comme ça…

— Johnny, a-t-elle ajouté plus doucement, tu as bien deux oreilles !

Pourquoi elle me demandait ça ? Tout d'un coup un doute terrible m'a pris : « Mince ! Si j'avais perdu une oreille, sans m'en rendre compte ! Ça expliquerait pourquoi je ne me rappelais jamais que de la moitié des choses ! » J'ai tâté tout de suite mes oreilles. Ouf, elles étaient bien toutes les deux ! Mais alors, où elle voulait en venir ? Qu'est-ce que mes oreilles avaient à faire avec la grammaire et tout le tintouin ?

Elle poursuivait, impitoyable comme Clint Eastwood dans les westerns :

— Et à quoi elles te servent tes oreilles ?

Y'en a un derrière moi qui a dit en rigolant :

— À tenir ses lunettes !

La maîtresse lui a fait les gros yeux, et puisqu'elle les avait faits autant qu'ils servent à plein, alors elle a continué de les darder sur moi :

— Tu ne comprendras jamais rien à rien si tu n'écoutes pas, Johnny !

Elle a soupiré, j'ai vu ses deux seins se lever et pouf, retomber. Ça m'a rappelé mamie : elle soupire pareil avec ses seins, et après elle dit toujours :

— Hé oui, c'est la vie !

J'ai attendu, mais la maîtresse, quand ses seins ont repris leur place normale, elle a juste dit :

— Bon, prenez vos cahiers, on continue.

Alors c'est moi qui ai soupiré et qui ai murmuré : « Hé oui, c'est la vie… »

La journée a passé comme ça, couci-couça. Quand on est sortis, à quatre heures et demie, il tombait un petit crachin froid et les mères attendaient sous leurs parapluies.

Moi, je rentrais tout seul : rue Pasteur, rue Chaude, rue des Fleurs, rue du Paradis.

J'habite au 56. Bâtiment B, douzième étage. Pour être plus près du Paradis, s'il existe, sinon, plus près du ciel.

Le lendemain matin, je n'ai pas rencontré la fille qui n'allait pas à l'école. Je me suis dit, mi-satisfait mi-déçu : « Bon, elle m'a raconté des carabistouilles, hier. Elle doit être en classe aujourd'hui. »

Je l'ai cherchée dans toute la cour de récré pour lui mettre le nez dans sa crotte, comme dit mon papy quand il veut me faire avouer une bêtise que j'ai faite. Mais je ne l'ai pas trouvée. Peut-être qu'elle allait dans une autre école, qu'hier elle était juste de passage dans ma rue.

Mais à dix heures, à la récré, qui je vois derrière la grille de la cour, mais côté rue, libre ? Elle ! Mon extraterrestre ! Tranquille. Elle nous regardait jouer, enfin, elle regardait jouer les autres parce que moi, je ne jouais avec personne, je m'embêtais tout seul.

J'ai hésité à aller lui parler. Qu'est-ce que j'en avais à faire, au fond, de cette fille, qu'elle soit dehors ou dedans, ici ou là, en quoi ça m'intéressait ? Mais pendant que je me disais ça dans ma tête, mes pieds allaient tout seuls vers la grille et vers elle, j'aurais bien été en peine de dire pourquoi… Ce qui fait que je me suis retrouvé juste sous son nez, pour ainsi dire, sans savoir comment.

— Salut ! elle m'a lancé.

J'ai été content qu'elle m'ait reconnu, mais j'ai fait l'étonné :

— Ah, tiens, salut ! Qu'est-ce que tu fais là ?

— J'regarde, elle m'a répondu.

Et puis, en relevant le menton :

— C'est interdit ?

J'ai secoué ma tête pour lui dire non, évidemment, y'avait plein de choses interdites dans l'école, mais pas au-dehors ! Mais si elle était dehors, alors c'était vrai de vrai ce qu'elle m'avait dit ?

— … C'est vrai que… c'est vrai que… ?

— Que quoi ?

— … que tu ne vas jamais à… à… à l'éc…

— À l'école ? Ouais. J'y vais plus jamais.

— Comment ça ssss' fait ?

— T'es détective ou quoi ? elle a répliqué. Occupe-toi de tes oignons.

Bon. Si c'était pour me faire insulter… J'ai

commencé à tourner les talons, mais :

— Hé ! Hé ! elle me rappelait.

Je me suis retourné, un peu hargneux :

— Quoi ?

Elle tenait la grille à deux mains, le visage contre les barreaux comme si c'était elle la prisonnière. À l'un de ses poignets, étaient noués une multitude de bracelets de ficelle, drôles de bijoux !

— Tu t'appelles comment ? elle m'a demandé.

J'aurais pu dire comme elle, qu'elle s'occupe de… etc. mais j'ai eu peur de bafouiller. Alors, j'ai dit :

— Johnny.

Comme elle me souriait tout à coup, j'ai voulu lui demander comment elle s'appelait, elle. Qui elle était ? Est-ce qu'elle était une sorte de princesse pour ne pas aller à l'école… Mais les mots ne sont pas sortis assez vite de ma bouche. Ça se passe souvent comme ça, les mots, avec moi : soit ils se précipitent, ils se cognent les uns aux autres, et on ne comprend pas ce que je dis ; soit ils tombent dans une sorte de trou, au fond de moi, et je ne les trouve plus… Là, ils étaient tombés, ou bien ils s'étaient envolés, allez savoir de quoi les mots sont capables ! De toute façon, le temps que je les cherche, mes mots, la fille s'était envolée, elle aussi.

Mais avant, elle m'avait crié :

— À d'main.

Et moi, j'avais eu le temps, pour une sorte d'au revoir, d'agiter la main.

Chapitre 3

Mais le lendemain, c'était un mercredi, alors j'avais autre chose à faire qu'à penser à l'école et à cette drôle de fille. Je devais aller chez l'orthophoniste qui pue du bec, et qui me fait répéter cent fois les mêmes trucs – en me disant de ne pas m'énerver en plus, tu parles ! Même un saint deviendrait fou si on l'envoyait chez l'orthophoniste ! Et puis je voulais aussi ranger ma chambre et mettre de l'ordre dans toutes mes boîtes (j'en ai onze, j'en fais collec : boîte à images de films d'horreur, boîte de timbres – y'en a peut-être un qui vaut des millions mais comme je ne sais pas lequel, il faut que je fasse bien gaffe à ne pas en perdre un seul, et surtout, faut que je me méfie de la chatte qui veut toujours aller pisser dedans –, boîte à capsules de bières, que me rapporte mon père, boîte à vieilles montres que je peux démonter comme je veux, et surtout, ma boîte où je planque les plans d'une base ultra-secrète que je suis en train d'imaginer, et même la NASA, quand je l'aurai terminée, elle en restera baba.

Plus tard, j'aimerais bien être policier américain, c'est pour ça que je m'entraîne à courir très vite, et aussi, à tout bien observer dans la rue, les gens, les voitures, les maisons, tout, sans que personne ne me voie.

Vers dix-sept heures, maman a appelé pour me demander si j'avais fait mes devoirs, j'ai dit :

— Pas encore…

Alors elle a râlé et m'a ordonné de m'y mettre tout de suite.

— Ah ! a-t-elle ajouté, tu n'oublieras pas d'aller rechercher du pain si tu as fini celui qui restait, parce que ça m'étonnerait que ton père y pense.

Il valait mieux que j'y aille tout de suite, au pain, sinon il risquait de faire nuit et maman n'aime pas que je sois dehors tout seul la nuit, même s'il faudrait aussi que je m'entraîne la nuit, parce qu'un flic américain qui aurait la trouille dans le noir, ça fait pas sérieux.

J'ai enfilé mes baskets et hop-là, j'ai descendu mes douze étages à pied (c'est un conseil de mon papy pour me muscler les mollets. Faut qu'ils soient au top, mes mollets, pour que je continue de progresser à la course et que je devienne policier).

J'ai traversé le jardin public où des tout-petits appelaient leur maman du haut du toboggan ou de la cage à poule pour qu'elles voient comme ils étaient très haut (je me souvenais comme moi aussi, quand j'étais petit, je me sentais, en haut du toboggan, comme en haut d'une très haute montagne)…

Rue Chaude, je suis passé devant la bibliothèque, en courant. Quand je pense qu'avant qu'on la construise, c'était un super terrain vague où mon papy jouait au foot avec ses copains d'école : « Mince, pas de pot, je ne vis pas à la bonne époque ! », je me dis à chaque fois que je passe par là.

Et là, je l'ai vue, à l'intérieur, elle avait l'air de lécher les vitrines sauf qu'il n'y avait pas de vitrine, juste des dizaines d'étagères pleines de bouquins. Elle en avait déjà plusieurs dans les bras, des bouquins, mais apparemment ça ne lui suffisait pas, elle continuait d'en prendre un autre, et encore un… Elle comptait vider la boutique ou quoi ?

J'ai essayé de lui faire signe, à travers la vitre, mais elle était comme hypnotisée par les rayons de livres et elle ne me voyait pas. Tant pis. Moi, j'ai continué de courir vers la boulangerie.

Au retour, j'ai jeté un coup d'œil dans la bibliothèque, mais elle n'y était plus.

J'ai pensé qu'elle ne devait pas être bien loin, et effectivement, je l'ai aperçue, qui marchait la tête baissée. D'abord, j'ai cru que c'était pour surveiller les crottes de chien, mais non, en la rattrapant, je me suis rendu compte qu'ELLE LISAIT EN MARCHANT !

J'avais déjà vu ça, mais au cinéma, jamais en vrai ; je croyais que c'était juste dans les vieux films muets en noir et blanc et alors immanquablement, celui qui lisait son journal se cognait contre un poteau ou manquait de se faire écrabouiller par une voiture. Mais, elle, elle marchait très lentement, à petits pas, et ne se cognait dans rien du tout, à croire qu'elle avait une autre paire d'yeux pour regarder où elle mettait les pieds, ou un petit radar quelque part.

Je me suis mis à marcher à côté d'elle, je pensais qu'elle allait vite me remarquer, mais non. Je n'osais pas trop l'interrompre, je me demandais ce qu'elle pouvait bien lire d'aussi passionnant, un roman policier peut-être…

C'est quand elle s'est arrêtée pour traverser la rue qu'elle m'a enfin vu.

Elle m'a souri.

— Tiens ? Johnny ! Qu'est-ce que tu fais ici ? Moi, je viens de la bibli.

— Ça se voit ! Et moi, de la boul… angerie !

— Ça se voit aussi !

On s'est souri encore un peu plus.

— Tu v… Tu veux un petit bout de pain ?

— J'veux bien, merci… Tu veux un petit bout de livre ? C'est du Prévert !

Je suis resté comme deux ronds de flan, comme dit mon papy, me demandant bien ce qu'elle voulait dire ! Allait-elle arracher deux trois pages et me les donner à bouffer ? Et qu'est-ce que c'était que ce « pré vert » dont elle me parlait en plein milieu de la ville ?

Mais ce qu'elle a fait, je vous le donne en mille. Elle s'est assise sur le banc de l'arrêt de bus, là, juste en face de l'école, et elle s'est mise à lire tout haut. Pour moi !

Je me suis senti gêné. Elle était folle ou quoi ? Je jetais des coups d'œil autour de moi pour voir si on nous voyait ; mais non, personne ne faisait attention, et elle, elle continuait de lire, tout haut ! D'abord, je n'écoutais pas, c'était trop bizarre ; les mots qu'elle lisait entraient par une oreille et sortaient par l'autre.

J'entendais pupitre, j'entendais enfant… Elle disait quatre et quatre, huit et huit… et je me demandais ce qu'elle comptait et ce qu'elle racontait. Puis elle a dit oiseau et, machinalement, j'ai levé les yeux vers le ciel. J'en ai vu un, mais c'était rien qu'une saleté de pigeon. Tout à coup, le visage baissé sur le livre ouvert, cachée par le rideau d'or de ses cheveux, elle a lu à voix basse, mystérieuse et lente :

« et les murs de la classe
s'écroulent tranquillement. »

Et ces mots-là, incroyables, sont entrés en moi si fortement, si doucement…
J'ai regardé l'école, juste en face du banc.
Je l'ai regardée comme jamais.
Je m'attendais à tout !
À voir les murs s'écrouler tranquillement, comme cette drôle de fille venait de l'annoncer en chuchotant.
Je les voyais s'écrouler lentement, comme dans un film, dans un gros nuage blanc de poussière de ciment.

Et soudain, un désert de sable blanc…
Sa voix s'était tue.

J'ai été surpris qu'il fasse nuit.
Et que dans la nuit, l'école soit encore debout.
Comme si j'avais rêvé.

Chapitre 4

Comment je suis rentré chez moi ? Je ne sais plus. En courant, en tout cas. Comment elle est rentrée chez elle ? Je ne sais pas non plus. Quand je suis arrivé, maman était là.

— T'as vu l'heure ? elle m'a demandé.

Non, je n'avais pas vu.

— Qu'est-ce que tu fichais dehors à cette heure-là ?

— J'étais sorti chercher le pain… Et puis tu sais, maman, j'ai rencontré une… une fille, ça fait plusieurs f… fois, elle ne va même pas à l'école !

— Ça m'étonnerait ! C'est obligatoire, l'école ! Elle t'a raconté des bobards. Et puis je t'ai dit cent fois de ne pas parler dans la rue à des gens que tu ne connais pas. Je parle chinois ou quoi ?

— Mais maman, c'est juste une… une fille, c'est pas « des gens ». Elle s'appelle…

C'est là que je me suis rendu compte que je ne connaissais même pas son nom à cette fille-là…

De toute façon, maman ne m'écoutait plus. Elle regardait dans son frigo, à la recherche du jambon qu'elle avait acheté hier et qui avait disparu.

Je suis allé dans ma chambre. J'ai appuyé mon front contre la vitre froide. Dehors, il faisait vraiment nuit maintenant. Toutes les lumières dans les appartements s'allumaient petit à petit. J'ai pensé aux milliers de gens qui habitaient tout près de moi et que je ne connaissais pas, qui ne me connaissaient pas non plus, dont je devinais les ombres, dans les carrés d'or des fenêtres, et qui vivaient des vies dont je ne savais rien du tout… Et je pensais aussi à cette fille-là, que je ne connaissais pas non plus, qui portait aux poignets de toutes petites ficelles nouées en bracelets, et qui disait qu'elle savait déjà tout, et qui lisait dans la rue et faisait s'écrouler les murs de l'école rien qu'avec sa voix menue…

Papa est rentré, avec de nouvelles capsules de bière que j'ai rangées dans ma boîte à capsules de bière. Maman lui a demandé de mettre le couvert, mais comme il n'allait pas assez vite, elle l'a mis à sa place en faisant la tronche.

Enfin, elle a crié :

— À table !

Alors on s'est installés à nos places habituelles, et papa a dit qu'on lui avait dit que Marcelin était mort.

Maman a demandé :

— Qui ça ? Connais pas.

Et papa :

— Marcelin ! Mais si, tu sais bien ! Çui qu'avait le cancer de la gorge !

— Il n'avait qu'à pas fumer et boire des coups toute la journée ! a dit maman.

Ça ne lui faisait pas de peine, à maman. Mais à

papa, ça lui en faisait ; parce que lui, il le connaissait ce Marcelin, et puis, lui aussi il fume, alors…

Pour lui changer les idées, à papa, je lui ai raconté que je connaissais une fille qui n'allait pas à l'école.

— L'école, a dit papa, faut y aller pour s'en sortir dans la vie. Sinon, on végète.

— C'est quoi végètir ? j'ai demandé.

— Végéter, ignare ! a rigolé papa.

Ignare non plus je ne savais pas. Mais bon, on n'allait pas passer le dîner à faire du vocabulaire !

— Végéter a repris papa, ça veut dire être comme un végétaux.

— Tal ! a rectifié maman. Vé-gé-tal. Taux, c'est quand y'en a plusieurs.

J'étais perdu :

— Plusieurs quoi ?

— Légumes, a conclu papa. Allez, mange. Mange-les. Tes légumes.

Pendant la nuit, j'ai rêvé de cette fille-là. Je la voyais sortir de terre, comme une espèce de carotte.

Drôle de rêve…

Le lendemain, et tous les jours suivants, elle m'a attendu devant la boulangerie, sur le chemin des écoliers. Elle mangeait un croissant et m'en a tendu un autre dans un papier léger.

— Tiens, elle a dit, j'ai pensé à toi.

Ça m'a fait plaisir. Le croissant. Et puis qu'elle ait pensé à moi. Moi aussi, bien sûr, j'avais pensé à elle, mais je n'avais pas de croissant pour le lui prouver, alors je n'ai rien dit. J'étais en avance, on pouvait marcher à petits pas, comme ça, l'école était encore loin et on aurait le temps de se parler.

— Tu ne vas toujours pas à l'éc… à l'école ? ai-je demandé.

C'était pas vraiment une question. Je voyais bien qu'elle n'y allait pas. J'ai ajouté :

— T'as de la veine… même si plus tard tu finiras comme un lé… un légume, pour le moment, c'est sûr, t'as d'la veine !

Elle a haussé les épaules.

— Pas tant qu'ça, en fait… a-t-elle dit d'une toute petite voix.

— Bah si, t'es en liberté !… Et c'est vrai ce que, ce que tu m'as dit, l'autre jour ?

— Quoi ?

— Que tu sais dé… déjà tout ?

Elle n'a pas répondu tout de suite. Elle a juste tiré sur ses légers bracelets de ficelle et ri, mais d'un petit rire bref, comme un peu cassé.

— Pas tout, tout, tout, a-t-elle avoué. Mais tout ce que l'on peut m'apprendre dans cette école-là, oui.

— Comment… comment ça s'fait ?

Elle s'est arrêtée de marcher et de manger son croissant. Elle avait des miettes partout, à faire le bonheur d'un moineau, si un moineau s'était posé sur elle.

— Bon, s'est-elle exclamée, voilà l'interrogatoire qui recommence. Tu voudrais pas être policier, toi, des fois, plus tard ?

Je me suis senti rougir. Qu'est-ce qu'elle avait contre les policiers ? Même les Américains ?

Ses yeux étaient devenus tout brillants, comme si la moutarde lui montait au nez, ou qu'elle allait se mettre à pleurer. Décidément, elle changeait d'humeur comme de chemise, cette fille. Pas facile de lui parler.

Alors je ne lui ai plus rien dit. Elle a dû voir à ma tête que je la trouvais un peu braque, parce qu'elle a cessé de s'énerver aussi vite qu'elle avait commencé.

— Je suis une enfant… précoce… a-t-elle précisé en me regardant bien en face, comme si elle me lançait un défi. Puis elle a tiré très fort sur une de ses ficelles qui s'est cassée. Tout de suite, nerveusement, elle l'a remise autour de son poignet, et avec difficulté, en s'aidant de ses dents, elle l'a renouée.

Moi, je ne voyais absolument pas ce que cela pouvait vouloir dire « une enfant précoce ». Alors j'ai juste fait :

— Ah…

Elle a ajouté, comme si elle lisait dans mes pensées :

— Je parie que tu ne sais même pas ce que ça veut dire.

J'ai fait non avec la tête, tout le monde ne peut pas être comme elle et tout savoir !

— Ça veut dire, m'a-t-elle expliqué, que je suis trop brillante.

Trop brillante ?

Je regardais ses cheveux d'or, et ses yeux qui étincelaient. C'était vrai. Visiblement, cette fille était brillante. Comme une étoile en plein jour, comme un soleil de minuit, comme… comme…

Mais curieusement, ç'avait l'air de la rendre un peu triste. Je me demandais bien pourquoi. Je crois que j'aurais bien aimé, moi, être un enfant brillant.

— Au fait, tu t'appelles comment ? lui ai-je demandé. Je pensais : peut-être Aurore, c'est un prénom super brillant, ça.

— Daphné… m'a-t-elle répondu.

Je ne savais même pas que ça existait ce prénom-là. Décidément, je ne savais pas grand-chose.

Elle a continué de m'expliquer :

— Un enfant précoce, c'est quelqu'un qui apprend tout très très vite, dix fois plus vite que les autres.

— Le bol ! j'ai fait. Alors t'es une sorte de fille TGV…

— Ouais, elle a dit. C'est pour ça que je ne vais pas dans ton école. Je sais déjà tout ce que l'on y enseigne. J'apprends avec un prof particulier qui vient chez moi tous les après-midis… Enfin, c'est comme ça pour le moment. Mais ça va changer, parce que c'est cher de payer un prof spécial ! Et puis moi, ça ne me dérange pas, mais mon père dit que ce n'est pas bon que je sois seule tout le temps… C'est antisocial…

— Ah ?… Et ta mère, elle dit quoi ?

Elle a penché la tête, s'est occupée de ses bracelets, a aligné tous les nœuds par-dessous, sans doute pour qu'on ne les voie pas, et elle a continué, comme si je n'avais pas posé cette question-là.

— Alors à partir de Noël, j'ai accepté d'aller en pension, à Châlons ; c'est loin, mais là-bas, il y a un établissement qui accueille les enfants comme moi…

— En pension ? Tu veux dire une éc… une école où tu restes à dor… à dormir la nuit ?

Je l'imaginais, étendue dans son petit lit, le visage brillant comme une étoile posée sur un oreiller…

— Ouais. Ça sera mieux je crois d'être avec d'autres enfants précoces. Enfin, j'espère que ce sera mieux… Quand j'étais avec les autres, dans une école ordinaire, ils n'arrêtaient pas de se moquer de moi. Ça me faisait peur. Et quand j'ai peur, je me mets en colère et… je hurle. Et après, j'attrape très mal à la gorge et je ne peux plus parler… Plus parler du tout. Pendant des semaines des fois !

— Pourquoi… quoi… pourquoi ils se moquaient de… de toi ?

— Ch'sais pas. Parce que je n'étais pas comme eux, je crois ; c'est tout. Peut-être qu'ils avaient un peu peur de moi… Moi aussi, des fois…

— De quoi t'as peur ?

Elle a haussé ses petites épaules pointues, puis elle a murmuré :

— J'ai peur… J'sais pas vraiment… C'est comme si j'étais entraînée à toute allure, que mon cerveau ne puisse jamais s'arrêter… Des fois, j'ai peur de découvrir des choses interdites, d'en savoir trop.

— Trop ? Et d'avoir des super-puissances, de lire dans les cer… les cerveaux hu… humains ? Tout ça ?

— Mais non, idiot ! Je ne suis pas un personnage de film fantastique ! J'suis normale, nor-ma-le ! J'apprends juste plein de choses très vite, c'est tout.

— Moi, c'est tout le con… tout le con… le contraire. J'apprends pas assssez vite et j'en sais pas assssez. Mais remarque, les autres, ils se moquent de moi tout pareil…

On est tombés d'accord pour dire que les autres, de toute façon, c'étaient tous des c…s.

J'ai trouvé que les cours à la maison, c'était une bonne solution. Dommage que je ne puisse pas en faire autant, c'est ça qui m'aurait bien arrangé. Mais payer quelqu'un qui vienne à la maison pour me donner des cours, je pouvais toujours courir ! Si je demandais ça à ma mère, elle crierait au secours pour son porte-monnaie et elle me demanderait si je suis tombé sur la tête !

Il était tard cette fois.

— On court jusqu'à l'école ? j'ai demandé à Daphné.

— J'cours pas très vite… elle a dit.

— Moi si. Pour une fois, alors, le TGV ce s'ra moi !

On a couru : elle, comme elle le pouvait, et moi, pas trop vite pour rester près d'elle. Quand on est arrivés, elle était tout essoufflée et moi, pas du tout.

— Ouf ! elle a dit. Salut ! P't-être à demain.

J'ai crié salut et je suis rentré à l'école juste comme la grille se refermait.

Des enfants envoyaient un ballon contre le mur qui ne s'écroulait même pas.

J'avais envie de leur crier :

— Plus fort ce ballon, bon sang, plus fort, que les murs s'écroulent !

Comment ça se faisait que les murs s'écroulaient mieux avec des mots qu'avec des coups de ballons, hein ? Comment ça se faisait ?

Chapitre 5

Daphné, il y avait des jours où je la voyais, d'autres où je ne la voyais pas. Quand je ne la voyais pas, elle me manquait. Souvent, je la guettais aux heures de récré. Je restais près de la grille pour la voir arriver de loin, du bout de la rue Pasteur. En attendant, j'observais ce qui se passait, ça m'entraînait à mon futur métier. Je relevais les numéros des voitures, je les notais dans un carnet ; si un type rôdait, je le photographiais bien mentalement, ça pouvait toujours servir.

Un jour, elle m'a invité à venir chez elle. J'ai dit :
— OK !

J'étais curieux de voir à quoi ça ressemblait l'appartement d'une fille brillante, comme elle. J'imaginais que peut-être tout brillait, tout étincelait de mille feux comme dans les palais des contes qu'on raconte aux petits, qu'il y avait de grands miroirs, des couverts en or et en argent, des lustres resplendissants qui diffusaient une merveilleuse lumière.

Eh bien, pas du tout ! Chez elle, c'était plutôt sombre ; et sur les murs, en fait de miroirs, il y avait de grandes, d'immenses bibliothèques qui allaient jusqu'au plafond. Le cauchemar pour un mec comme moi à qui les livres donnent des boutons ! Sa chambre était bourrée de livres aussi, il y en avait même des piles par terre. Jusque dans les toilettes, il y avait des bouquins ! À rendre fou !

— J'ai trois cent trois livres dans ma chambre, m'a-t-elle annoncé fièrement. Ils sont à peu près classés, j'aime bien les ranger…

— … Moi ce sont mes boîtes que… que j'aime bien ranger, j'ai dit.

Mais je n'ai rien ajouté, j'avais peur que ça fasse pas assez sérieux, mes boîtes, à côté de tous ces livres.

— Et t'en as lu combien ? j'ai demandé.

— Tous, elle m'a répondu. Et ceux que je préfère, je les ai lus plusieurs fois…

— … Mais tu co… tu connais la fin ! À quoi ça te sert de les re… de les relire ?

— Pour le plaisir, elle a dit. Des fois, je commence par la fin, et je remonte jusqu'au début… comme les saumons qui remontent les rivières… Et puis, il y a des livres qui n'ont ni début ni fin tu sais, qu'on peut lire là où on ouvre la page, tout simplement.

— Ah ?

— Les livres de poésies, par exemple.

— C'est bar… barbant, ça, non ? J'aime mieux les livres de blagues, ou ceux… ceux avec des mystères, des assssassssins…

— L'autre jour, je t'ai lu du Prévert, tu t'en souviens ?

— L'autre jour ? Le truc avec les murs de l'éc… de l'école qui s'écroulaient ?

— C'est ça. Eh bien, Prévert, il a aussi écrit des poèmes sur les assassins !

— Oh !

Elle est allée chercher le livre, par terre. Adossée à son lit, elle a feuilleté un peu, et puis, elle a trouvé ! Ce poème-là qui dit d'abord comme une comptine :

Moi, je joue du piano
disait l'un
moi je joue du violon
disait l'autre

Et d'autres types sont là, se vantent tous de jouer de quelque chose. Et on n'entend pas la musique parce qu'ils gueulent tous comme des ânes. Mais soudain, en arrive un nouveau et il dit :

« Moi, je joue de l'orgue de Barbarie
et je joue du couteau aussi »

Et le voilà qui tue tous les musiciens !

Et il y avait une petite fille qui était là et elle a voulu faire comme lui, elle a dit :

« je jouais avec mon petit frère
avec ma petite sœur
je jouais au gendarme
et au voleur
mais c'est fini fini fini
je veux jouer à l'assassin
je veux jouer de l'orgue de Barbarie. »

Et ils ont tué plein de gens qui n'écoutaient pas la musique ! Un bain de sang, un massacre, un vrai carnage ! Ça serait un film de la télé, je suis sûr qu'ils l'auraient interdit aux moins de douze ans !

Jamais lu un truc pareil ! Ça m'a scié !

— C'est pas de la po… de la poésie ça ! j'ai déclaré.

Daphné a fait :

— Si. C'est génial non ? Ça change des poèmes cucul sur l'or du matin ou la pourpre de la rose à peine éclose et machin chose !

J'étais mitigé.

— À mon avis, j'ai dit, ce type-là, – Champvert…

Elle a pouffé :

— Prévert.

— Ouais… Eh bien ton Prévert, mon papy, il dirait que c'est un fu… un fumiste ! Une poésie, c'est vache… ment dur à faire, avec des… des rimes et tout le bazar, alors lui, il arrive, il te fait un truc, pas une rime, que dalle, juste il va à la ligne au mi… au milieu de la phrase pour te faire croire que c'est un po… un po… ème et toi tu… toi tu marches ! Il te parle d'a… d'a… d'assassin, j'm'ex… j'm'excuse, mais les assssassssins, ils ont rien à faire dans la po… la po…

— La police ?

— Non, la po… ésie. Voilà, c'est ce que… ce que je pense. Les assassins, z'ont qu'à rester dans les cau… les cauch…

— Les cochons ? a-t-elle pouffé à nouveau.

— Les cauchemars, idiote !

— Alors tu n'as pas aimé ? T'es difficile !

— Oui, j'ai dit. Je ne gobe pas n'im… n'im… n'importe quoi, moi… J'aimais mieux ce que tu as lu l'autre jour, celui où les murs de l'école s'écrou… laient. Au moins ça, ça fait rêver…

Elle m'a passé le bouquin de Prévert. Elle m'a aidé à retrouver le texte de l'autre fois, et puis, en feuilletant, je suis tombé sur un poème que j'avais appris plus petit et qui s'appelle « le cancre », et ça m'a fait tout drôle, parce que j'avais bien aimé cette poésie. Je m'en souvenais encore, surtout la fin qui dit :

avec des craies de toutes les couleurs
sur le tableau noir du malheur
il dessine le visage du bonheur

— Tu vois, quand il veut, Prévert, il en fait des rimes ! elle m'a dit Daphné.
— C'est la preuve ! j'ai déclaré.
— La preuve de quoi ?
— Que c'est un fu… un fu… C'est comme ça, les fumistes, j'ai répondu, ils peuvent bien faire, mais faut qu'ils… qu'ils le veuillent…

En rentrant chez moi, j'ai compté nos livres. On en a quatre, dont un dico, très gros, en deux volumes. De A à L et le deuxième de M à Z. Je ne sais pas s'il faut compter deux livres pour ça ou un seul… Y'a aussi un livre de recettes. Et un gros livre de blagues et de devinettes qui nous fait bien rigoler tous les trois, mon père, ma mère et moi quand on le lit. Plus, éventuellement, le catalogue de la Reboute, mais il n'y a pas grand-chose à lire : « Un nouveau Marcel, vedette de l'été, la salopette revient en force 96 % coton, 4 % élasthanne ! » sûr, c'était pas de la poésie !

J'ai demandé à maman :

— On n'a aucun livre de poésie ?

— Pour quoi faire a-t-elle rétorqué, t'en as pas dans ton livre de français ?

— Si, j'ai dit, mais j'en voulais d'autres.

— I'te faut toujours plus ! T'es jamais content de c'que t'as ! a soupiré maman.

Je me suis dit que je n'oserais jamais amener Daphné chez moi. Mes murs blancs qui ressemblent à des pentes verticales neigeuses lui donneraient le vertige. Quatre livres ! Ça ne fait pas grand-chose à lui montrer. Et le livre de blagues ? Est-ce qu'il la ferait rire ? Est-ce que ça rit des mêmes choses que nous, les filles trop brillantes ? J'en sais rien.

Évidemment, j'avais aussi mes boîtes de timbres, d'images d'horreur, de capsules à lui montrer…

Je n'avais rien vu de ce genre chez elle… Si ça se trouve, je faisais collection de trucs qu'elle, elle jetait à la poubelle…

J'ai soupiré comme ma mamie, mais sans les seins : « Hé oui, c'est la vie… »

Je faisais tous les matins, tous les soirs, comme avant le même chemin, remarquant les mêmes choses familières, la faille de ciment devant le marchand de journaux, l'ombre de la branche en forme de crocodile sur le mur blanc, le son d'un piano qui jouait tous les jours à la même heure, le même client au flipper du bar… Mais ce qui avait changé, c'est que souvent, sur ce chemin familier, elle apparaissait, comme un petit lutin. Ce qui me plaisait, c'était que je ne savais jamais quand elle allait surgir, ni quand, ni où.

Un jour où elle venait me voir de l'autre côté de la grille, pendant la récré, il y en a qui nous ont vus et qui ont commencé à nous charrier.

— Ça va ? Ça ne vous gêne pas trop les grilles pour vous embrasser ? Quand vous vous quittez, vous n'êtes pas tout rayés comme des Dalton ?

Une autre a dit à Daphné :

— T'as pas peur de sortir avec Johnny l'abruti ! Méfie-toi ; il est peut-être contagieux !

J'étais mort de honte. Je n'osais plus regarder Daphné. Mais elle, tout à coup, elle s'est mise à hurler.

— Pauvres cloches ! Idiots ! Crétins ! Petits c… crapauds. Vermine ! Asticots ! Crottin !

Sur le coup, j'ai eu une émotion de plus. Je me suis demandé si c'était moi qu'elle traitait de tous ces noms-là et j'ai eu un gros coup au cœur. Mais elle a terminé en braillant :

— Imbéciles ! Têtes à claques ! Bande d'abrutis !

Et comme j'étais seul, ça ne pouvait décidément pas être à moi qu'elle s'adressait. Elle a terminé par : « Espèces de bouses ! » et c'était bien envoyé.

Ça m'a donné le courage de les regarder en face, comme si j'étais un lion dans l'arène et que j'allais tous les dévorer. Heureusement pour eux, la cloche a sonné. Je me suis retourné vers mon amie Daphné… Mais elle avait disparu. Mon petit soleil tout brillant s'était envolé. Je me suis demandé avec inquiétude si, après ce qu'on venait de lui dire sur moi, elle reviendrait, et j'ai trouvé qu'il faisait bien sombre, sombre à aller s'enfermer dans les cabinets pour pleurer.

Chapitre 6

Plusieurs jours de suite, elle n'est pas venue à l'école.

Je ne l'ai pas croisée non plus. Rue du Paradis, rue des Fleurs, rue Chaude, rue Pasteur ; elles auraient toutes pu s'appeler rue Triste, sans Daphné pour les ensoleiller.

Je suis allé rôder devant son immeuble, mais je n'osais pas monter pour demander si elle était là. J'essayais de ne pas m'en faire. Je me répétais :

« T'as qu'à penser à autre chose ! Mais à quoi ? À quelqu'un d'autre ! Mais à qui ? »

J'ai réalisé qu'en peu de temps, elle avait pris place dans ma vie.

Je me rappelais ce qu'on s'était dit, ce qu'elle m'avait lu aussi, et qui était si nouveau pour moi…

J'ai repensé à ce poème bizarre qu'elle m'avait lu et qui avait l'air d'une poésie comme moi j'ai l'air d'un camembert !

C'est comme ça que j'ai eu l'idée. J'allais essayer de lui en écrire une, de poésie, moi, à Daphné. Une poésie comme ce frimeur de Prévert qu'elle appréciait tant. Comme ça, elle verrait que, contrairement à ce que les autres avaient dit de moi, je n'étais pas idiot. Et même, si ça marchait ma première poésie, je lui en ferais plein d'autres, tout un bouquin puisqu'elle les aimait tant, un livre qu'elle lirait en marchant, qu'elle lirait aussi le soir dans son lit, qu'elle n'arriverait pas à lâcher tellement il lui plairait.

Et alors, elle dirait à ses parents :

— J'ai un ami poète, il s'appelle Johnny.

Et quand ils me recevraient, ils me serreraient la main et me diraient :

— Ravis de vous rencontrer, génie. Vous êtes un Johnny ! Non, enfin, le contraire.

J'ai pris modèle sur ce que je me rappelais de *L'Orgue de Barbarie* qu'elle m'avait lu, l'autre après-midi, et après pas mal de tâtonnements, j'ai écrit :

Moi je collectionne les bouquins
disait l'un
Moi je fais collection de papillons
disait l'autre
moi de cailloux, moi de bijoux, moi de joujoux,
moi de pots, moi de mots, moi de rots,

ils parlaient, ils parlaient de leurs collections
et ils ne faisaient pas attention,
à elle.

et moi de silences et de ficelles, dit-elle.

Et elle leur attacha la langue
avec toutes ses ficelles
alors tous les bouquins, les papillons, les cailloux,
les bijoux, les joujoux,
les pots, les mots, les rots,
s'en allèrent au trot,
ils prirent le métro,
et quand elle détacha ses ficelles,
les langues étaient sèches comme des semelles
collantes comme des caramels
et toutes molles comme des quenelles.

Elles tombèrent et jamais plus elles ne repoussèrent.

Il y avait, enfin, un beau, un immense
silence.

Poème de Johnny Rodriguez
commencé le 15 octobre 2003
fini le 17 octobre 2003 (à 22 heures)
à l'âge de onze ans et trois mois

Ça m'était venu comme ça. À cause de toutes les petites ficelles qu'elle portait nouées autour de ses poignets, comme de pauvres bracelets.

Je l'ai lu, relu dix fois, ce drôle de poème. Parfois je me disais : « C'est un poème de Martien, ça ne ressemble à rien. » D'autres fois, je me disais : « Attends, ce Prévert, il a bien écrit des trucs comme ça, t'as pas de raison de te gêner ! » J'avais dû me décarcasser avec les temps des verbes, vérifier dans la grammaire, et chercher « rot » dans le dico numéro deux, pour l'écrire comme il faut, et « trot » aussi, et puis faire très gaffe à l'orthographe ; pour ça j'avais demandé de l'aide à maman, par-ci par-là, sans lui donner la poésie en entier, juste des petits bouts, mais déjà, elle a trouvé ça bizarre comme texte. Elle a dit à mon père :

— Je me demande s'ils le savent au ministère, les bêtises qu'on fait apprendre aux gosses maintenant !

Ça m'a donné un petit coup au moral, mais pas trop, parce que je pensais que ma mère, elle ne connaissait pas Prévert et que donc, elle ne pouvait pas vraiment juger.

Puis je me suis armé de courage et je suis allé porter mon poème, plié dans une enveloppe que j'ai eu du mal à trouver parce que personne n'envoie jamais de courrier dans la famille… Alors quand il y a une lettre à faire, comme dit papy, c'est la croix et la bannière (il m'a expliqué que c'est une vieille expression qui veut dire : c'est pas d'la tarte !).

Rue du Paradis, rue Chaude, et puis après rue du Pot de fer, et celle où elle habite, rue Nouvelle. Tout du long, j'ai couru ; je progresse, c'est sûr, plus jamais de point de côté et mon souffle est régulier. En arrivant en bas de chez elle, je me suis avisé que je ne connaissais pas le nom de famille de Daphné, je ne pouvais donc pas savoir quelle était sa boîte aux lettres. Le cœur battant, j'ai décidé de monter jusqu'à son appartement et de glisser mon poème sous sa porte. Ce que j'ai fait. Mais juste comme j'achevais la manœuvre, que la lettre passait au ras du sol avec un léger bruit de frottement, sa porte s'est ouverte en grand.

Une voix rauque a demandé :

— Qui c'est ?

J'étais encore à quatre pattes sur le paillasson, comme un chien ; tout embêté d'être découvert dans une posture aussi humiliante j'ai répondu, de mauvaise grâce :

— C'est moi.

— Oh, c'est toi Johnny ? Qu'est-ce que tu fais ?

— Rien, j'ai dit, je cueille des pâ… des pâquerettes.

Elle a éclaté de rire :

— Entre, je suis toute seule. Comme je suis malade, mon prof ne vient pas.

— Et tes parents ?

— Ils sont pas là. Papa travaille à l'hôpital… Je ne sais pas si je te l'ai déjà dit… Allez, entre.

En entrant, j'ai marché sur ma lettre que j'avais oubliée. J'ai dit : « M… », en regardant mes pieds qui venaient de s'imprimer sur la belle enveloppe que j'avais eu tant de mal à trouver. Elle a suivi mon regard, s'est baissée, a pris l'enveloppe et a refermé la porte :

— C'est pour moi ! C'est toi qui l'as apportée ? C'est sympa ! J'adore recevoir du courrier.

Je souriais comme un nigaud, ne sachant trop quoi dire, j'ai murmuré :

— C'est juste un truc que je t'ai écrit, pour te faire une surprise… Tu le liras tout à l'heure…

— Merci ! elle a dit. Et avant que j'aie eu le temps de dire ouf, elle m'a donné un petit baiser qui est tombé je ne saurais dire où, mais je me suis senti rougir comme une tomate et ça m'a filé un gros coup de chaud.

On s'est installés sur son lit pour discuter un peu. Sur sa table de nuit, il y avait un téléphone portable et des tas de médicaments. Ça puait un peu mais pas trop.

— Mon père m'appelle quand il a un petit moment, pour savoir si ça va. Quand il appellera, tout à l'heure, je lui dirai que tu es là…

— Qu'est-ce que t'as comme maladie ?

— Une angine. J'en ai tout le temps. Dès que je m'énerve, je crie, et dès que je crie, j'attrape une angine.

— Mon père, quand il était petit, il s'est fait enlever les amygdales et après, il n'a plus fait d'angines.

Elle a tripoté ses bracelets de ficelle, les a fait tourniquer autour de ses poignets.

— … C'est pas de la gorge qu'il faut m'enlever quelque chose… C'est du cœur… ou de la tête, je ne sais pas. C'est quand j'ai la haine que je crie… Comme quand j'ai hurlé l'autre jour après tes idiots de copains…

— C'étaient pas du tout mes copains.

— T'as jamais la haine, toi, quand les autres se moquent de toi, ou quand ta vie, à cause des autres, est triste, triste, triste ?

J'ai soupiré :

— Si.

— Et qu'est-ce que tu fais alors ? Tu ne cries pas ?

— Je m'en vais. Je cours. Très vite… Tu devrais courir toi aussi. Tu peux pas crier en courant, impossible, faut garder son souffle.

— Peut-être, elle a dit.

— Je t'entraînerai si tu veux.

— Peut-être, elle a redit.

— Comme ça, tu seras une fille TGV de la… de la tête aux pieds !

Elle a passé sa langue sur ses lèvres plusieurs fois — elle avait sans doute les lèvres sèches à cause de la fièvre —, et puis elle a regardé ses mains qui tripotaient la lettre avec le drôle de poème que j'avais écrit pour elle.

— J'aime pas attendre, elle a dit. Je l'ouvre.

Ça me faisait un peu peur qu'elle lise, comme ça, devant moi. J'ai essayé de retarder le moment.

— Tu n'es pas si savante que ça, après tout. Il y a une chose que tu ne sais pas et que tu de… tu devrais savoir à ton âge. Une chose très impor… tante.

— Quoi ? a-t-elle interrogé.

— À être patiente ! ai-je conclu.

— Je sais, a-t-elle soupiré.

C'était plus fort qu'elle. Fallait vraiment qu'elle sache tout !

Et bien sûr, elle a ouvert l'enveloppe. Elle a lu. Je n'osais pas la regarder. Elle a fini par demander :

— C'est toi qui l'as écrit ?

— Bah oui, c'est pas le pape ! Tu trouves ça comment ? Parce que si tu… si tu… si tu trouves ça trop nul, t'as qu'à le déchi… le déchirer.

— Ça me ferait mal, m'a-t-elle dit. C'est le premier poème que je reçois de toute ma vie ! Ça me fait tout drôle, et puis que tu parles de ça, de mes ficelles…

— Tu trouves pas qu'on di… qu'on dirait du Pré…

— Vert ? Ouais, c'est vrai. Il est très bien ce poème, vraiment très bien réussi, Johnny.

— Oh, c'était pas très dur. Ce qui prend du temps, c'est l'ortho… l'ortho… graphe.

— Ouais.

— Tu sais, pour mes ficelles… Elles me font souvenir…

— De quoi ?

— De ma mère…

— … Elle n'habite pas avec toi, hein ?

— Non. Elle est dans une maison… spécialisée… Elle fait une grave dépression. Elle ne veut plus voir personne. Même pas mon père, même pas moi…

— Ah…

— Le lendemain du jour où on l'a emmenée, j'ai hurlé après les autres, à l'école, parce qu'il y en avait un qui avait entendu maman crier et qui disait à tous les autres qu'on l'avait emmenée parce qu'elle était folle, et…

— Et c'était pas vr… vrai ?

— Les fous, ça n'existe pas, Johnny.

— Bah si, tout d'même, peut-être pas ta mère, mais…

— Non, ça n'existe pas. Il y a juste des gens qui souffrent très fort, trop fort de choses que les autres ne comprennent pas… Ils ont mal, très mal quelque part, mais ils ne peuvent pas dire où… Faut deviner… C'est papa qui m'a expliqué ça.

— Et… elle reviendra quand elle ira mieux ?

— Oui, j'espère… Tu vois, le lendemain du jour

où on l'a emmenée, j'ai commencé à nouer une ficelle, et puis chaque jour une autre, il y en a trente-six maintenant, mais quand je saurai quel jour je pourrai aller la voir, je pourrai commencer à ôter les ficelles… Tu… tu comprends ? C'est pas une collection comme les tiennes, pas vraiment…

J'ai fait oui avec la tête, et oui surtout avec le cœur, comme le cancre de ce sacré Prévert. Alors elle m'a souri, d'un petit sourire un peu cassé, éraflé comme dirait maman d'un de ces objets quand il est comme griffé.

Tout à coup, j'étouffais un peu dans cette chambre. J'ai eu envie de sortir, de courir dehors. Trop de livres ici, trop de mots, trop de cris dans les murs, trop de silences sur les cris, trop de ficelles serrées…

— Faut que j'y aille, j'ai dit.
— Déjà ? elle a demandé, déçue.

Son téléphone portable a sonné.

C'était son père, elle lui a dit que j'étais là, et puis d'autres trucs aussi, qu'elle n'avait plus de fièvre, tout ça. Avant de raccrocher, elle lui a demandé si elle pouvait me raccompagner un bout de chemin. À son sourire, j'ai vu que c'était oui, et j'ai souri aussi.

— J'arrive, elle m'a dit.

Elle s'est bien emmitouflée, a enroulé une grosse écharpe rose vif autour de son cou, a enfilé ses baskets, elle a fermé la porte et on est sortis.

Dehors, j'ai respiré un grand coup.

— Respire, je lui ai dit. Et puis, j'ai ajouté :

— J'ai envie de courir, tu cours avec moi ?

Chapitre 7

On a commencé à trottiner sur le trottoir. Le jour finissait, l'air était frais, et à côté de nous, le fleuve des voitures qui rentraient s'écoulait tranquillement.

En passant, je lui montrais et je lui racontais tout ce que j'avais remarqué dans mon quartier, tout ce que je connaissais depuis des années.

— Est-ce que tu sais qu'au nu… au numéro 28 de cette rue, il y a une branche qui fait une ombre de croco… dile sur le mur ?

— Où ça ?

— Là, regarde.

— Ah oui, c'est vrai.

— Tu vois, la rue où l'on court s'appelle la rue Chaude, tu sais pourquoi ?

— Heu, parce qu'il y fait plus chaud qu'ailleurs, une histoire de microclimat peut-être…

— Pffff ! Elle s'appelle rue Chaude parce qu'autrefois, il y avait là une buanderie où l'on faisait bouillir les draps et ça faisait une br… une brume de vapeur chaude dans toute cette rue.

— Où tu as lu ça ?

— J'l'ai pas lu. C'est ma mamie qui me l'a raconté. Elle y a trava… travaillé dans cette rue quand elle avait qua… quatorze ans.

— Quatorze ans ?

— Oui. Et mon papy, il travaillait au bistrot du coin, celui-là que papa aimerait bien racheter s'il gagnait des millions.

— Celui-là ? Le café des Trois Marches ?

— Il s'appelle Les Trois Marches parce qu'il y a trois marches à monter pour y entrer tu vois ? Ces marches, on les a constr… truites après une grande inondation, et on a surélevé le café pour qu'il ne soit plus inondé. Avant, il s'appelait le café de La Belle Cuisse.

— Sans blague ?

— C'est vrai. C'était parce qu'il y avait tous les soirs tout plein de jolies danseuses qui venaient y boire un petit coup !

Daphné s'est arrêtée de courir pour rire à son aise. Et puis elle s'est mise à faire la folle sur le trottoir, devant le bar, à tourner comme une danseuse de boîte à musique en répétant comme une comptine : « Le café de la Belle Cuisse, si, si ça existe, le café de la Belle Cuisse, si, si ça existe. »

Elle a fini par s'écrouler sur un banc, ses yeux étaient tout brillants.

— Écoute, elle m'a dit, on entend de la musique.

— Ça vient de cette maison. Là, tu vois ? Il y a quelqu'un qui joue du piano tous les soirs, et tu vas voir, à chaque fois qu'il joue, un chat miaule à la dernière fenêtre pour sortir. Tiens, regarde ! Tu le vois ?

Elle a vu et elle a pouffé :

— Ce n'est pas un chat très mélomane.

— Mêle au quoi, tu dis ? Penses-tu. C'est seulement un chat qui n'aime pas la mu… la musique !

On a respiré calmement sans plus se parler. Nos deux souffles faisaient de tout petits nuages blancs devant nous, ils se mêlaient un peu et s'envolaient, plus loin… Je me sentais heureux avec mon amie.

— Tu en sais des choses, Johnny ! elle a dit. J'aime bien quand tu racontes, ça me fait oublier… oublier tout.

— Il y a un autre moyen pour oublier tout, j'ai répondu. Mon moyen à moi. Courir, courir, courir… Comme les lièvres, comme tous les ani… animaux en fait, tu sais, c'est ce qu'ils font quand ils sentent le danger.

— Les gazelles, les lièvres, les biches, c'est vrai…

— Les zèbres !

Sans me prévenir, elle s'est remise à courir, je l'ai vite rattrapée. J'ai vu qu'elle courait à toutes jambes, de toutes ses forces.

— Cours tête baissée, je lui ai dit, en me mettant à ses côtés, et inspire une longue fois, et puis expire en deux ou trois fois.

J'ai vu qu'elle s'appliquait à faire ça.

Alors on a couru, couru, comme j'aime courir, comme les cerfs, comme les lapins, les zèbres ! On a bondi par-dessus les flaques, on a cavalé, comme si le feu était derrière nous, et les monstres aussi, et le diable à nos trousses, comme des bêtes sauvages dans la brousse. Et on a tout laissé loin derrière, les murs des écoles, les moqueries des autres enfants, la voix sévère des maîtresses, et les cris de sa maman, on a filé comme le vent. Le monde derrière nous pouvait bien s'écrouler !

À un moment donné, on s'est pris par la main et on ne s'est plus lâchés.

De toute façon, on aurait voulu se séparer qu'on n'aurait pas pu : parce que toutes ses petites ficelles ont glissé et ont commencé à s'entortiller autour de nos doigts mêlés, et puis de mon poignet.

On s'est finalement arrêtés au bord de la rivière qui s'écoulait à nos pieds avant d'aller se perdre, loin.

D'avoir couru si fort, on avait tous les deux les larmes aux yeux.

On s'est assis au bord de l'eau sur un tapis de feuilles brunes ; nos deux mains faisaient un nœud que ni elle ni moi ne voulions dénouer pour le moment. On est restés là, longtemps.

On a regardé les ficelles toutes emmêlées, ça allait être du travail pour les séparer ! J'ai tiré sur l'une d'elles, qui m'avait l'air de ne plus tenir qu'à un fil ; elle s'est cassée.

Je l'ai tendue à Daphné qui l'a jetée dans le flot, et le courant l'a emportée. Deux ou trois autres petites ficelles que notre course folle avait malmenées ont suivi.

Les autres tenaient bon. Daphné les a remontées avec précaution le long de son poignet fin. Sauf une, la dernière, qu'elle m'a laissée, en souvenir de notre course folle sans doute, ou pour me dire : « À demain ».

Pour rentrer, on a tourné le dos à la rivière.

Côte à côte, tranquillement, on est retournés vers la ville où l'on nous attendait.

De temps en temps, on se disait des petites choses sans importance, et on se souriait. Et dans le silence du soir qui approchait ses grandes ombres noires, on entendait crier les oiseaux au-dessus de l'eau.

TABLE DES MATIÈRES

Chapitre 1. 7

Chapitre 2. 15

Chapitre 3. 23

Chapitre 4. 31

Chapitre 5. 43

Chapitre 6. 55

Chapitre 7. 69

Jo Hoestlandt

Je suis née en 1948 près de Paris. Dès l'enfance, j'ai essayé d'écrire des histoires et mon désir d'écrire a grandi avec moi.

Chaque histoire – et celle-ci également – doit servir à ce que mon lecteur, ma lectrice, se pose des questions sur lui, sur sa vie, sur celle de ceux qui l'entourent. Chaque histoire est écrite pour l'accompagner tendrement sur un petit bout de son chemin de vie.

Du même auteur :

AUX ÉDITIONS NATHAN
Mémé, t'as du courrier !
Drôle d'endroit pour des vacances
Pique et pique, école et drame
Ma vie, ça n'est pas de la tarte
Faut pas pousser mémé

CHEZ D'AUTRES ÉDITEURS
Drôlement mordu, Acte Sud Junior.
Poings de côté, Acte Sud Junior.
Cousin contre cousine, Thierry Magnier.
La demoiselle d'horreur, Thierry Magnier.

Estelle Meyrand

Je suis née en 1977 à Lyon où j'y ai grandi jusqu'à 1 m 55, hélas ; j'y ai aussi fait des études de dessin à l'école Émile Cohl et j'en suis sortie en 98 sans avoir pris un seul centimètre. Alors je suis allée à Paris dans l'espoir de grandir encore un peu. J'y ai cru et j'ai dessiné dans des magazines (minnie mag), dans des collectifs de bande dessinée (petit à petit) et un peu ailleurs.

En début de cette année 2004, j'ai bien compris que je ne grandirais plus, je suis donc revenue à Lyon pour tenter ma chance en BD et cultiver des dinosaures ; je collectionne également les capsules de bière et les images de films d'horreur comme l'ami Johnny de cet ouvrage. J'apprécie cette faculté qu'il possède de regarder la rue comme un film et les petites joies que ces visions procurent (ah, le Café de la Belle Cuisse !). Et tant pis si je ne grandis plus, je peux toujours grossir.

N° éditeur : 10136324 – Dépôt légal : août 2006
Imprimé en France par Hérissey, Évreux - N° d'impression : 102552